Clifford Chatterley

Virtuelle Begegnungen

6 erotische Kurzgeschichten

AF235469

Virtuelle Begegnungen

6 erotische Kurzgeschichten

Clifford Chatterley

Alle Figuren in diesem Buch sind frei erfunden und über 21 Jahre alt.

Bibliographische Information der deutschen Nationalbibliothek:

Die deutsche Nationalbibliothek verzeichnet diese Publikation in der Deutschen Nationalbibliografie; detaillierte bibliografische Daten sind im Internet über http://dnb.dnbde abrufbar.

© 2020 Clifford Chatterley

Herstellung und Verlag:

BoD – Books on Demand, Norderstedt

ISBN: 978-3-7519-3366-7

Inhalt

Vorwort..7

Vögeln...9

Wenn Träume wahr werden....................................17

Rollenspiel...25

Tease and Denial..33

Das Spiel mit der Angst.....................................39

Vertraut..45

Vom selben Autor erschienen.................................53

Vorwort

Was ist virtuelle Realität? Diese Frage ist angesichts der Vielfalt technologischer Möglichkeiten, die das 21. Jahrhundert hervorgebracht hat, gar nicht so einfach zu beantworten.

Doch ich will mich mit der Theorie gar nicht lange aufhalten: Ich möchte Ihnen, liebe Leserin, lieber Leser, stattdessen sechs Beispiele in Form von erotischen Kurzgeschichten vorstellen, die verschiedene Formen und Aspekte des Themas beleuchten.

Nicht alle sind technologisch bis ins letzte Detail ausgearbeitet. Man mag manches zum Zeitpunkt des Erscheinens für spekulativ halten, manches ist nur im virtuellen Raum machbar. Anderes ist leicht vorstellbar oder heute schon ohne Weiteres selbst erlebbar.

Ich wünsche Ihnen jedenfalls prickelndes Vergnügen bei der Lektüre.

Clifford Chatterley

Vögeln

Sie glitt ruhig und stabil durch die Luft, ein paar hundert Meter über der Küstenlandschaft, die unter ihr in der Nachmittagssonne lag. Ein azurblau glänzendes Meer, ein weißer Strand, der in eine grasbewachsene Dünenlandschaft überging, in weiterer Entfernung ein paar Hügel. Ein Stück weit vor ihr stiegen allmählich höher werdende Klippen aus dem Meer, die in der Ferne eine imposante Abbruchkante bildeten, ganz ähnlich den Kreidefelsen Südenglands am Ärmelkanal.

Sie fühlte den Wind auf der Haut, die Sonne wärmte Gesäß und Rücken. Ihr letzter Ausflug in den Space war eine Weile her, sie konzentrierte sich darauf, mit dem intuitiven Kontrollsystem wieder vertraut zu werden, das all ihre Bewegungen steuerte. Man musste nicht wirklich wissen, wie es funktionierte, meist reichte es, sich auf einen Wunsch zu konzentrieren. Sie versuchte, ein wenig zu steigen, flog eine sachte Kurve über das Meer hinaus, ein wenig sinken und beschleunigen, bald hatte sie es wieder heraus. Sie erinnerte sich, es gab auch andere Perspektiven, man konnte sich auch selbst von außen beobachten. Der nackte Avatar mit der bronzefarbenen Haut, dem dunklen wehenden Haar gefiel ihr, als sie den Standpunkt schräg oben vor ihren Kopf setzte, ein wenig seitlich versetzt. Ups, das war knapp, sie fühlte, wie die Umgebungskontrolle sie ein wenig steigen ließ, um eine Kollision mit der sanft ansteigenden Wiese zu verhindern, die die Klippen hinauf führte. Besser doch wieder in den Avatar schlüpfen.

Sie glitt die Klippen entlang immer höher hinauf, nur ein paar Meter über dem Boden, genoss den Geruch des frischen grünen Grases und des Meeres, in der Ferne waren Schreie von Seevögeln zu hören. Oben auf der Klippe angekommen, verharrte sie eine Weile, spähte über den Rand hinunter auf das blaue Meer. Während sie noch überlegte, schien die intuitive Bewegungskontrolle ihren Wunsch vorwegzunehmen. In schrägem Winkel glitt sie von der Klippe, in starker Beschleunigung auf das blaue Meer zu. Ein paar Meter vor der Wasseroberfläche legte sie intuitiv den Kopf in den Nacken und hob die ausgebreiteten Hände. Der Sturz wurde abgefangen, sie streifte mit dem Bauch fast die Wasseroberfläche, bekam ein paar Spritzer Gischt ab, bevor sie in einem langgezogenen Bogen wieder stieg, hoch über die Klippen hinaus in einem Außenlooping. Sie breitete Arme und Beine weit aus, genoss die Luft auf der Haut, die warme Sonne auf ihrem Bauch und ihren Schenkeln. Oben am Scheitelpunkt drehte sie sich mühelos wieder in Bauchlage, fing den Flug weich ab und glitt in einem weiten Bogen über das Hinterland wieder an die Kante der Klippe zurück.

*

Er lag müßig im hohen Gras nahe der Klippen und beobachtete die Frau, die soeben von der Klippe aus einen eleganten Looping gezogen hatte. Mit der Zoom-Funktion hatte er mühelos feststellen können, dass es sich um eine Frau handelte. Auch sein Avatar war nackt, ebenso wie der der Frau neben ihm, die einen weiteren jungen Mann in ihre Intimdistanz gelassen hatte. Sie waren irgendwie gemeinsam hier, aber es war kein besitzergreifendes „gemeinsam". Der Space, in dem sie hier unterwegs waren, hatte ein paar einfache Regeln: Nacktheit obligat, nur eigenes biologisches Geschlecht, und Berührungen nur bei beiderseitigem Konsens. Er war mit seiner Freundin noch verbunden, ein kurzes „have fun" erwiderte sie mit einem „good luck". Englisch war die Lingua Franca in diesem internationalen Space, doch man musste nicht mehr beherrschen als diese kleinen Phrasen, es wurde nicht gesprochen.

Er wandte sich also der fliegenden Frau zu, die sich eben wieder dem Klippenkopf näherte. „Cool stunt", pingte er sie an. Er verstand ebenso wenig wie die meisten anderen Teilnehmer, wie die Kommunikation genau funktionierte, es war nicht akustisch. „Invite." Das war ein Signalwort, er öffnete damit seine Intimdistanz für sie und wartete, was geschehen würde. „Thanks", kam es zurück, doch die Gegeneinladung kam noch nicht. Solange diese nicht da war, würde der Space dafür sorgen, dass stets zwei Meter Abstand zwischen ihnen blieben. Er streckte sich lang aus, als sie über ihn langsam hinwegschwebte, ihn in Augenschein nahm. „Follow", signalisierte sie ihm. Er brachte sich also in Fluglage und folgte ihr, als sie zunächst eine langsame Runde über den Abgrund zog. Er beschleunigte ein wenig und schwebte an ihrer Seite. Sie tauschen Blicke aus. „Repeat", kam es von ihr. Sie tauchte ab, und er folgte ihr auf dem Sturzflug zur Wasseroberfläche. Nahezu parallel fingen sie den Sturz ab, ihre Körper bogen sich in der G-Kraft des Außenloopings. Am Scheitelpunkt kamen sie beide nahezu zum Stillstand. Plötzlich kam das „invite" zurück. Vorsichtig näherte er sich ihr, bis sich die Fingerspitzen ihre Hände berührten.

Er machte eine leichte Kurve, bis sie einander an beiden Händen hielten und in die Augen sahen.

Das war ein wichtiger Moment. Man konnte hier nahezu alles vortäuschen, man durfte auch sein Gesicht ein wenig straffen, aber der Ausdruck durfte dabei nicht verändert werden. Hier schimmerte am deutlichsten der Mensch hinter dem Avatar durch. Er mochte ihre Augen, das schien auf Gegenseitigkeit zu beruhen, denn sie lächelte. Sie kamen sich näher, kurz berührten sich ihre Stirnen. Ihre Augen blitzten auf, dann machte sie sich los, es kam ein „catch", während sie schon davonjagte. Sie verfolgten einander ein paar Minuten lang in einer übermütigen Jagd, bis sie sich mitten in der Luft auf den Rücken drehte und mit breiten Beinen einen ziemlich aprupten Stop machte. Als er halb auf ihr landete, schlang sie ihre Beine um seinen Rücken. „Lick" signalisierte sie ihm, und „share control". Das bedeutete, dass sie synchron fliegen würden, solange sie einander berührten. „Yield", bestätigte er die Anfrage, bevor er sich ihrer offenen Vagina zuwandte.

*

Sie wusste selbst nicht so genau, was sie da tat. Sie war eigentlich gekommen, um zu fliegen, den Wind im Haar zu spüren, die G-Kräfte, Salz und Wasser auf der Haut. Doch dann, als der Mann sie angepingt hatte, hatte sie geantwortet, ohne groß zu überlegen. Jetzt genoss sie die sanften Wellen der Erregung, die er ihr mit seiner Zunge bescherte, während sie in einer Spirale immer höher stieg, ganz so wie ein Segelflugzeug es im Aufwind tat. Sie strich mit der Hand sachte durch sein Haar, führte ihn ein wenig, seine Hände lagen sicher an ihren Hüften, während sie mit dem Druck ihrer Schenkel spielte. Schließlich entließ sie ihn aus ihrer Beinschere. „What next?" Er lächelte, drehte sich auf den Rücken, sein Penis stand schon hart ab. „Yield", gab sie die Steuerung an ihn ab, glitt rittlings auf ihn und bohrte sich den Pfahl in den Leib. Sie stützte sich auf seinen Schultern ab und fickte ihn langsam, während er den kreisenden aufsteigenden Kurs hielt, den sie begonnen hatte. Sie hatte keine Ahnung, wie hoch man hier steigen konnte, vermutlich war das nicht wirklich begrenzt, jedenfalls war die Welt unten nur mehr winzig klein zu erkennen. Sie brauchten den Kanal nicht zueinander, sie sahen einander in die Augen, spielten miteinander mit ihrer Erregung, bis sie gleichzeitig die Empfindung „jetzt" zu haben schienen.

*

Er hatte noch die Kontrolle. Ohne sie loszulassen, drehte er sie an ihren Hüften auf den Rücken, glitt über sie. Er begann sie hart zu stoßen, doch gleichzeitig kippte er nach vorne, sodass sie kopfunter in einen von ihm kontrollierten Sturzflug übergingen. Sie ließ sich vollkommen überrumpelt in eine Serie intensiver Orgasmen treiben, während sie schneller und schneller auf das offene Meer zurasten. Sekunden vor dem Eintauchen ergoss auch er sich mit mächtigen Stößen in sie.

*

Sie mussten einander irgendwann nach dem Eintauchen losgelassen haben, denn als sie wieder zu sich kam, schwebte sie in Rückenlage knapp über dem Grund des Meeres. Der Space hatte offenbar eine Kollision mit dem

Meeresboden verhindert und sie sanft abgebremst. Sie fühlte seine Berührung, er schien nicht weit von ihr am Grund angekommen zu sein. Als er über sie glitt, gewährte sie ihm willig wieder Einlass, sie liebten sich noch einmal, sanft und ausdauernd diesmal. Das Atmen im Wasser war natürlich kein Problem, beide schienen nicht das erste Mal hier unter Wasser zu sein und konnten gut damit umgehen.

Schließlich ließen sie voneinander ab, der Herzschlag wieder unter Kontrolle, der Atem normal. „Cool fuck, thanks", signalisierte sie ihm. „Good flight too", gab er zurück. „Fare well." „Fare well." Damit war er mit ein paar kräftigen Bewegungen in Richtung Wasseroberfläche verschwunden. Sie blieb noch eine Weile regungslos, ließ das Erlebte nachwirken, während sie den kleinen Fischen zusah, die sich zwischen den leuchtend gefärbten Korallen tummelten. „Exit", gab sie schließlich das Kommando. Ihr Avatar war augenblicklich verschwunden.

*

Keinen Augenblick zu früh, als sie aus dem Küchenfenster sah, konnte sie schon die Staubfontäne sehen, die der Schulbus weiter unten auf der Schotterpiste hinter sich herzog, die sich das isländische Hochtal zu ihrem Hof herauf wand. In fünf Minuten würden drei Kinder hereinstürmen und lautstark das Mittagessen einfordern, das zum Glück schon im Ofen vor sich hin schmorte. Sie legte die Ausrüstung ab, machte sich im Bad schnell frisch und streifte Jeans und ein T-Shirt über.

*

Er erreichte schließlich die Wasseroberfläche und kehrte mit ein paar Kreisen langsam an die Stelle zurück, wo er sein Mädchen mit dem jungen Mann allein gelassen hatte. Sie lag unter diesem, doch bemerkte ihn sofort. Sie reichte ihm ihre Hand, er kniete sich neben sie und gab ihr Halt, während sie sich endlich entkrampfte und sich von den Stößen des Jungen in eine Serie von Orgasmen treiben ließ.

*

Der junge Mann, der sich in sein Mädchen ergossen hatte, war bereits weg. „Had fun too?", fragte sie. „Sure thing." Er lächelte. Sie hatten einander wechselweise Zugriff auf ihre Aufzeichnungen gewährt, sie konnte jedes Detail nachsehen, wenn sie wollte. „Gonna leave. Laterz", sagte er noch zu ihr. „Laterz", winkte sie, als er sich mit dem „Exit"-Kommando in Luft auflöste.

Zehn Minuten später war er frisch geduscht in Bangkok auf seinem E-Moped unterwegs in das Restaurant, in dem er als Koch arbeitete. Er war schon spät, es würde eine lange Nacht werden. Er versuchte sich zu erinnern, wo das Mädchen zu Hause war. Austria? Australia? Was spielte das für eine Rolle?

Wenn Träume wahr werden

„Du brauchst keine Angst vor der Technik zu haben. Aber du brauchst Mut, dich deinen eigenen Wünschen und Phantasien zu stellen." Die Frau blickte sie offen an. Das feine Netz war bereits über ihren Kopf gespannt, der Chip kalibriert, kaum zwei Minuten hatte die Prozedur gedauert. „Aber nimm dir noch die Zeit, dich so herzurichten, wie es zu deiner Phantasie passt. Ruf mich, wenn du so weit bist." Damit verließ die Frau den Raum.

Anna blickte sich um. An Requisiten war hier kein Mangel. Während sie nachdachte, zog sie sich zunächst einmal ganz aus, in dieser Alltagskleidung konnte sie sowieso nicht bleiben. Sie ging die Sachen rasch durch, die verfügbar waren. „Also gut, Strümpfe. Schwarze Seidenstrümpfe. Das ist einmal fix." Sie nahm sich ein Paar und ließ sich Zeit, sie über ihre langen wohlgeformten Beine hochzuziehen. Sie liebte dieses Gefühl, das nur reine Seide auf ihrer Haut zu erzeugen vermochte.

Weiter: hauchzarte Dessous, durchbrochen. Der String Tanga, der ihre intimste Stelle gleichzeitig verdeckte und doch obszön zur Schau stellte. Der BH, durch den sich ihre Nippel deutlich sichtbar durchdrückten. Sie stand lange vor dem Spiegel, dann ging sie noch zum Schminktisch. Davon verstand sie etwas, als gelernte Kosmetikerin, bald hatte sie genau, was sie wollte: Nuttig, aber bei aller Ästhetik bis ins Groteske überschminkt. Jetzt noch rein in die hohen roten Schuhe, genau passend zu den knallroten Lippen „Fertig", sagte sie mehr zu sich selbst.

Die Frau würde es schon mitbekommen, mit dem Ding auf ihrem Kopf.

Zehn Sekunden später war sie da. Sie nickte, sagte aber nichts. „Das war ‚keine bleibenden Schäden, drei Minuten Kontrollverlust'?", fragte sie geschäftsmäßig. „Du bist zum ersten Mal hier?" Anna nickte ungeduldig. „Ich rate dir zu zwei Minuten, das kann verdammt lang werden." „Okay", sagte Anna, die nicht mehr richtig zuhörte. Sie hatte sich entschlossen, und jetzt wollte sie nicht mehr warten. „Viel Glück dann", sagte die Frau noch. „Da hinein, du hast intuitiv sofort heraus, wie du ihn aktivierst. Und denk daran, dein Safecode ist eine eiskalte Dusche." Ja ja, dachte Anna. Sie suchte ihre Balance auf den Stöckeln und ging dann entschlossen in den Nebenraum.

Der Roboter saß reglos auf einem niedrigen Schemel. Anna nahm sich Zeit, ihn zu inspizieren, seine Haut, seine Haare zu berühren. Es war erstaunlich, wie echt sich das alles anfühlte, sogar die feinen Härchen auf der Haut. Hinter ihr das breite Bett. Sie legte sich samt ihren Schuhen bequem auf den Rücken. Über ihr ein großer Spiegel, in dem sie wohl die Vorgänge gut würde sehen können, wenn sie wollte. Gut. Sie holte noch einmal tief Luft, dann fokussierte sie ihr Bewusstsein auf den noch leblosen Mann. Ein paar Sekunden nichts, doch dann …

Der Mann stand langsam auf, nahm sie in Augenschein. Er war nackt, Annas Augen glitten unwillkürlich auf seine Leibesmitte. Der Penis war noch nicht erigiert, die schlaffe Größe versprach aber einiges. Langsam ging er auf sie zu. Sie blieb passiv, als er sie berührte, genoss das leichte Kribbeln, das seine Hände an genau den richtigen Stellen auslösten. Sie schloss eine Weile die Augen, spürte ihren Empfindungen nach. Sie lernte schnell, wie sie seine Berührungen kontrollieren konnte, ein wenig verstärken oder abschwächen. Nur sich selbst zu belügen schaffte sie nicht, was sie geil fand, wurde durch die Übertragung zum Roboter gnadenlos Wirklichkeit. Es war nicht einmal notwendig, sich diese Wünsche explizit bewusst zu machen, es war mehr ein Gefühl, als würde er ihre Wünsche vorwegnehmen, noch ehe sie sich derer überhaupt bewusst geworden war.

Anna ließ sich Zeit. Sie genoss es lange, dass er vor ihr auf dem Bett kniete, einen Schuh hatte er ihr ausgezogen, er saugte durch die Strumpfhose hingebungsvoll an ihren Zehen, während seine Hände sachte ihr Bein liebkosten, über des Knie hinaus, aber noch mit sicherem Abstand zu ihrem intimsten Bereich. Sie zögerte es hinaus, genoss das Kribbeln, die Nässe, die sich langsam in ihr aufbaute. Der Mann widmete sich jetzt mit gleicher Hingabe ihrem zweiten Bein.

Sie entspannte sich, beobachtete sich selber eine Weile im Deckenspiegel, genoss, wie seine Zunge jetzt langsam ihr Bein entlang glitt, sie durch das zarte Gewebe leckte, sich langsam hinaufarbeitend bis zum Saum des halterlosen Strumpfes, dann begann, diesen langsam ihr Bein herunterzurollen. Die Berührungen seiner Zunge wurden intensiver, sie konnte die Feuchtigkeit seines Speichels auf ihrer nackten Haut spüren. Schließlich hatte er den Strumpf ganz heruntergerollt und widmete sich ihren nackten Zehen. Das Ziehen in ihrem Unterleib wurde stärker, langsam drängten sich andere, dunklere Wünsche in ihr Unterbewusstsein.

Er ließ von ihren Zehen ab. Sein Griff wurde jetzt ein wenig härter, bestimmter, als er ihre Beine in seine Hände nahm und sanft, aber bestimmt nach außen drückte. Ihr Körper quittierte das mit einer weiteren Welle von Lust, die von ihrer Leibesmitte aus bis in die Finger- und Zehenspitzen ausstrahlte. Immer noch kniend, beugte er sich hinunter. Seine Lippen berührten das kleine Dreieck des String Tangas, das ihre Scham noch notdürftig verdeckte. Eine Hand schob es beiseite, während seine Zunge ihre Schamlippen berührte, zunächst sachte, doch dann immer fordernder, sie schließlich auseinander drängte und sie tief penetrierte. Anna hielt sich unwillkürlich an einer Eisenstange am Kopfende des Bettes fest. In die vertrauten Sensationen des ungewohnt tiefen Cunnilingus mischten sich immer wieder überraschende Empfindungen. Kleine Luftbläschen? Winzige elektrische Spannungen? Sie wollte es gar nicht so genau wissen. Der Kopf des Mannes verdeckte das, was sie eigentlich im Spiegel hätte sehen wollen, so genoss sie einfach die intensiver werdenden Gefühle. Doch die dunklen Gedanken waren bereits da, warteten nur mehr darauf, sich Bahn zu brechen.

Er hörte auf, sie zu lecken, richtete sich auf. Sein Blick, eben noch sanft und servil, veränderte sich. Hart, bestimmt. Er schloss ihre Beine wieder und setzte sich rittlings auf sie. Sein Penis, mittlerweile schon halb erigiert, drückte spürbar auf ihren Bauch. Er griff nach einem ihrer Arme, löste die Hand von der Stange. Sie schaffte es nicht, Widerstand zu leisten, als er den Strumpf fest um ihr Handgelenk knotete. Sie musste schlucken, als er den

Strumpf lang zog und ihr dann um den Hals wickelte, einmal, zweimal. Es erforderte bereits einiges an Spannung, das andere Ende an ihrem zweiten Handgelenk zu befestigen. Ihre Hände lagen knapp neben ihrer Kehle, der Strumpf drückte auf den Kehlkopf, doch sie konnte noch einigermaßen frei atmen.

Er wandte sich jetzt ihrem BH zu. Hart griffen seine Hände nach ihren Nippeln, der seidig weiche Stoff wurde in seinen Händen erstaunlich rau, als er auf ihren empfindlichen Warzen immer härter rieb. Den Reflex, hinzugreifen, gewöhnte sie sich sehr schnell ab, jede Bewegung ihrer Hände verstärkte augenblicklich den Druck auf ihren Kehlkopf. Sie ließ also die Wellen des süßen Schmerzes durch ihren Körper rollen, während sich das Gefühl der unbefriedigten Lust in ihrem Verstand immer mehr in den Vordergrund drängte. Im Schatten dazu ihre geheimste, dunkelste Phantasie, sie war immer noch nicht in der Lage, sich diese bewusst zu machen.

Der Mann hörte plötzlich an ihren Nippeln auf. Mit einer einzigen kraftvollen Bewegung riss er den BH entzwei, ihre Brüste lagen plötzlich bloß vor ihm, die wunden Nippel steif. Doch er berührte sie nicht, er stieg mit einer eleganten Bewegung seitlich von ihr ab, seine fordernden Hände glitten ihren Körper entlang tiefer. Sie zitterte vor Geilheit, als sie ihre markant vorstehenden Hüften berührten. Ein weiterer schneller Ruck, und der String war zerrissen. Er machte sich nicht die Mühe, die Teile ganz zu entfernen. Mit zwei Fingern drang er rasch und mühelos in sie ein, sein Daumen spielte an ihrer Klit, genau an jenem Punkt, genau bis zu jenem Punkt …

Er ließ wieder von ihr ab, ließ sie eine gefühlte Ewigkeit in ihrer Geilheit so vor sich liegen. Dann drückte er mit hartem sicheren Griff ihre Beine weit auseinander, kam auf den Knien dazwischen und drang ohne jede Rücksicht tief in sie ein. Ohne sie an einer anderen Stelle zu berühren, fickte er sie langsam, aber tief und hart, mit der künstlichen Muskulatur seiner Oberschenkel konnte er offenbar mühelos seinen Oberkörper im Gleichgewicht halten. Er blickte sie dabei mit harten, unverwandten Augen an. Sie spürte, dass da noch mehr auf sie zukommen würde.

Angst stieg in ihr auf, als ihr ihre eigenen dunklen Wünsche langsam bewusst wurden, doch die Angst steigerte gleichzeitig ihre Geilheit. Er wartete, fickte sie nur langsam weiter. Da, irgend etwas veränderte sich. Ja, es fühlte sich plötzlich an wie ihr riesiger Dildo, der mit den harten Gumminoppen. Nur, dass sie hier keine Kontrolle hatte. Musik setzte ein. Mönche, die gregorianische Choräle sangen, dazu der Hall einer mittelalterlichen gotischen Kirche. Die Musik wurde lauter, begann mit der Zeit, ihr Bewusstsein in Besitz zu nehmen, es war wie eine leichte Trance. Sie stellte sich auf den konstanten Schmerz ein, den die Noppen in ihrer Scheide erzeugten.

Doch das sollte noch nicht alles sein. Er beugte sich über sie, sie fühlte seinen harten Griff an ihren Handgelenken. Er sah sie an, wartete, bis sie realisierte, was die Implikation war, bis sich ihre Scheide zu einem ersten leichten Orgasmus zusammenzog. Sie holte im entscheidenden Augenblick noch einmal tief Luft, dann lastete plötzlich sein Gewicht auf ihren Handgelenken, die er unerbittlich immer weiter auseinander schob. Sie begann erst zu röcheln, dann zu keuchen, bis sie den Kampf gegen die Atemnot aufgab und zuließ, dass sich ihr Körper in heftigen Spasmen unter ihm schüttelte …

Als ihr Verstand wieder einsetzte, war ihr Atem wieder frei, doch sie keuchte noch heftig. Der Strumpf war durchtrennt, die beiden Hälften hingen noch an ihren Handgelenken. Ihre Scheide fühlte sich nass und klebrig an. Sie griff sich zwischen die immer noch breiten Beine, benetzte ihre Finger mit der künstlichen Flüssigkeit, die Sperma täuschend ähnlich nachempfunden war. Sie leckte sich die Finger ab, Geruch und Geschmack waren vertraut, wischte den Rest auf ihren Bauch, wo die Flüssigkeit rasch erkaltete und das typische unangenehm klebrige Gefühl erzeugte.

Der Mann stand neben ihr. Sie sah zu ihm auf, sein Ausdruck war jetzt wieder aufmerksam und respektvoll. Fast unwillkürlich glitt ihre Hand wieder zwischen ihre Beine. Auch wenn er gut war: in solchen Augenblicken vertraute sie nur sich selbst. Sie begann ohne jede Scham vor ihm zu masturbieren. Er wartete, eine Hand leicht auf ihrem Bauch. Als sie so weit war, nahm er nur einen ihrer Nippel zwischen die Finger der anderen Hand. Sie kam noch einmal heftig.

Der Mann ging zu seinem Schemel zurück, setzte sich und war plötzlich wieder in Reglosigkeit erstarrt. Sie blieb noch eine lange Weile einfach bewegungslos liegen, starrte auf ihr Spiegelbild an der Decke. Schließlich kam die Frau herein, es war Anna in diesem Augenblick gleichgültig, das sie sie so sah, wie sie eben war: Nackt, benutzt, ein Strumpf noch an ihrem Bein. „Geht es dir gut?" Sie hielt einen Becher Wasser in der Hand. „Danke", sagte Anna nur, setzte sich auf, nahm das Wasser und leerte den Becher in einem Zug.

„Das waren übrigens 45 Sekunden", sagte die Frau zu Anna. „Auch wenn es sich wie zehn Minuten angefühlt haben muss." Anna lächelte. Sie wusste, es war nur eine Frage der Zeit, bis sie wiederkommen würde.

Rollenspiel

[04/23/2012 03:33] connected to server „Deutschland-chat" please respect our rules or be kicked.

[04/23/2012 03:35] entering troom „Adult only"

betty28_RSP: Guten Morgen.

Jana44: Guten Morgen betty28_RSP.

betty28_RSP: Ah doch noch jemand wach hier?

Jana44: und geil, ja. Du suchst RSP?

betty28_RSP: ja, aber ich bin w

Jana44: Ich weiß ;) Magst du auch mit einer Frau spielen?

betty28_RSP: ja wenn du Zeit und eine gute Idee hast?

Jana44: Arbeit beginnt um 8. reicht das?

*betty28_RSP: kommt drauf an wie lang du hin brauchst *fg**

Jana44: Touche. Hast du Zeit?

betty28_RSP: mehr als du. Kein Job momentan.

Jana44: Aww. Single?

betty28_RSP: was tut das zur Sache?

Jana44: auch wieder wahr. Was spielst du gern?

betty28_RSP: betty nicht Betty. Fängst was an damit?

Jana44: nehme dich am Kinn, hebe deinen Kopf und zwinge dich, mir in die Augen zu sehen. Farbe?

*betty28_RSP: braun, ich muss dich enttäuschen. Und schwarzes Haar. * Mache mich los und blicke wieder zu Boden**

Jana44: Enttäuschen warum? Gehn wir woanders hin?

betty28_RSP: na ich dachte. Und wohin?

Jana44: mom, ich hoffe das geht so

Jana44: [create room Magiccastle]

Jana44: [invite betty28_RSP room Magiccastle]

betty28_RSP: [follow Jan44 room Magiccastle]

***

[04/23/2017 03:48] entering room Magiccastle.

[04/23/2017 03:48] warning: private room.

betty28_RSP: hat das funktioniert?

Jana44: sieht so aus. Besser hier. So, machen wir es ein bisschen hübscher hier?

[04/23/2017 03:51]new background image sleepingbeauty_3.jpg

betty28_RSP: wow was hast du vor?

Jana44: Weiß noch nicht. Auf was stehst du? Ich dachte, eine nette Umgebung kann nicht schaden betty28_RSP: sub. Gut erzählte Geschichten mit viel rundherum. Kann schon gut mitspielen. Ein bisschen Schmerz ist OK, wenn es nicht zur Hauptsache wird

Jana44: dunkles Haar? Machen wir gleich ein hübsches Dornröschen aus dir? Musst ja nicht gleich 1000 Jahre schlafen, ein nachmittägliches Nickerchen reicht als Anfang ;)

[04/23/2017 03:58] betty28_RSP changing nick to dR19

dR19: smile. Und du?

[04/23/2017 03:59] Jana44 changing nick to Joy25

Joy25: ein außergewöhnlich hübscher Junker, der ins Schloss geritten kommt, dich zu retten?

dR19: Junker?

dR19: Aaaaaah – manches braucht ein bisschen zum Sickern: Stiefel, Bundhose, Jäckchen, ein kecker Hut, kommt auf einem Schimmel in den Burghof geritten …

Joy25: genau. Ich komme also eines Nachmittags in den Burghof geritten. Die Schöne ruht gerade ein wenig im Schatten der uralten Ulme am Brunnen – da sie keinen Besuch erwartet, eher leicht geschürzt

Joy25: meinen ergebenen Gruß, holde Maid

dR19: mein schöner Jüngling wer seid ihr, was führt Euch in dies entlegene Schloss? Verzeiht meine Erscheinung, ich erwartete keinen Besuch

Joy25: Gestatten, Junker Joy, man sagte mir, es gäbe in diesem Schloss eine einsame Jungfrau zu retten. Mir scheint, ich bin hier nicht ganz falsch? Seid ihr gar das schöne Dornröschen, von dem man landauf landab berichtet?

dR19: Die bin ich wohl, mein schöner Jüngling, doch habe ich aufgehört die wackren Junker zu zählen, die hierherkamen, mich zu retten. Ich habe noch nicht herausgefunden, wovor.

Joy25: Sagt bloß, ihr schmachtet hier nicht auf dem Söller und verzehrt euch danach, dass euer Auge endlich den schaut, der euch von hier entführt und zu seinem Weibe macht?

dR19: Und der mir dann alle Jahr ein Kind macht und wieder auszieht, holde Maiden zu betören, während ich in Umständen allein seinen Hof und die wachsende Schar hüte? Nein, mein Junker, also wirklich nicht, da geht mir im Vergleich hier nichts ab. Und wenn …

Joy25: Und wenn was, holde Maid? * steigt vom Pferd und reicht den Zügel dem Rossknecht, der herbeigeeilt ist *

dR19: also wenn gewisse – Gefühle – jemals übermächtig werden sollten: seltener als einmal die Woche kommt kaum je ein Junker wie ihr. Doch es ist selten, dass diese Übermacht mich fasst

 Joy25: Ei wie das denn? * kommt näher * was wäre es denn an einem – Junker – was Euch die Ruhe nehmen könnte? * greift dir sachte unters Kinn *

dR19: * schaudert * Nicht immer ist wohl drin, was der äußere Schein zu sein vorgibt? Dies fein geschnittene Gesicht, die zarte Hand, die Grazie der Berührung …

Joy25: * lächelt, gibt dir dann einen hauchzarten Kuss, tritt zurück, nimmt den Hut ab und schüttelt ihr langes Haar locker auf *

dR19: *legt sachte beide Arme auf deine Schultern, schmiegt sich scheu an * Lang schon musste ich entbehren, wonach ich mich im innersten sehnte

Joy25: * legt dir die Hände an die Hüften, zieht dich an sich * ich bin Joy, doch wie heißest du wirklich, schönes Kind?

[04/23/2017 04:12] dR19 changing nick to aurora19

aurora19: * zittere ein wenig * aurora bin ich für Euch, schöne Herrin

Joy25: aurora * küsse dich wieder, eine Hand auf deinen Po, während die andere deinen Rücken aufwärts gleitet *

aurora19: * schaudere * wollen wir uns vielleicht am nahen Teich frisch machen, Herrin? Euer Ritt muss Euch erschöpft haben, das Wasser ist angenehm mild dieser Tage

Joy25: * lächle * so führe uns denn zu dem Teich, von dem du so zu schwärmen weißt, kleine aurora

[04/23/2017 04:09]new background image pond_castle.jpg

aurora19: mit Eurer Erlaubnis, Herrin. Folgt mir.

Joy25: es ist wunderschön. Hilfst du mir, meine Kleidung abzulegen, süße kleine aurora?

aurora19: von Herzen gern, Joy * nehme Stück für Stück deine Kleider und lege sie ordentlich in die Wiese, bis du nackt vor mir stehst * Wow Herrin, darf ich? * nähere mich sanft und berühre deinen Unterbauch sachte mit zwei Fingern *

Joy25: wollten wir uns nicht erst frisch machen, oder hast du es schon so notwendig, Süße? * nehme dich unterm Kinn und schaue dir in die Augen *

aurora19: * werde rot * natürlich Herrin, verzeiht. * ziehe mir mein dünnes Kleid rasch über den Kopf, lege es in die Wiese und schlüpfe aus dem Slip. *

Joy25: * gebe dir einen Klaps auf den Po * na dann komm. * geht voran ins warme Wasser * mmmh herrlich.

aurora19: * folge dir rasch ins Wasser, schwimme ein Stück weit hinaus * folgt mir Herrin

Joy25: * schwimme dir neugierig nach, als du um eine Biegung des Ufers verschwindest *

aurora19: * nicht allzu weit entfernt ist eine sonnenbeschienene Insel zu erkennen, auf die ich zusteuere *

Joy25: * folge dir, beobachte, wie du die flache Uferwiese hinauf aus dem Wasser steigst *

aurora19: * reiche dir die Hand und helfe dir aus dem Wasser * Willkommen auf der Schatzinsel * lächel *

Joy25: * ein kleiner Klaps auf deinen Po * du vergisst dich, Süße. Aber es ist wunderschön hier

aurora19: * wird rot * verzeiht Herrin. Wollt ihr mir trotzdem folgen, Herrin?

Joy25: * folge dir neugierig nach *

aurora19: * nach kurzem Aufstieg erreichen wir einen kleinen Pavillon, das Dach mit Holzgittern eingedeckt. Ein kariertes Schattenmuster fällt drinnen auf das breite frisch bezogene Bett *

[04/23/2017   04:32]new   background   image pav_bed_2.jpg

Joy25: * lächle breit * ist es hier, wo du einsame Nachmittage verbringst, und ist es hier, wo du die hübschesten der Junker …?

aurora19: * werde wieder rot * ich müsste lügen Herrin, würde ich Euch widersprechen. * Schaue zu Boden *

Joy25: * lächle – komme auf dich zu, unsere nackten Körper berühren einander zum ersten Mal, Haut auf Haut * ein erfahrenes Mädchen hat schon seinen Reiz, Süße

aurora19: * schmiege mich an dich * ebenso wie eine erfahrene Herrin, mich zu führen, Herrin

Joy25: * kneift dich hart in den Po * na dann präsentiere dich einmal gehörig, wie es sich für eine kleine sub-Schlampe gehört

aurora19: * wird rot * Ja Herrin. * kniet sich auf das Bett, knie weit geöffnet, die Handflächen auf den Oberschenkeln nach oben gedreht, Blick gesenkt *

Joy25: zeig deinen Körper

aurora19: Ja Herrin * lehne mich mit untergeschlagenen Knien weit zurück, Arme hinter dem Kopf auf dem Bett *

[04/23/2017 04:47] Joy25 has left the room.

***

Der Mittfünfziger schloss rasch das Browserfenster und zog seine Shorts wieder hoch, als er seine Frau auf dem Gang hörte. Sekunden später stand sie bei ihm im Zimmer. Sie schien die Situation sofort begriffen zu haben, doch sie lächelte nur süffisant: „Ah ich sehe, du bist anderweitig beschäftigt. Ich gehe noch eine Runde schlafen."

Als er den Chat wieder öffnete, war aurora19 bereits verschwunden. Schade.

***

„Fuck, die war gut", sagte die blonde Frau, sie mochte vielleicht 40 sein, und schloss die Chat-App auf ihrem Tablet. „Oder der", merkte ihre wesentlich jüngere Freundin an, die neben ihr auf dem Bett lag und offenbar die letzten Minuten ein bisschen mitgelesen hatte. Sie setzte sich auf und schüttelte ihr langes dunkles Haar auf. „Guten Morgen, keine Schlampe. Suchst du dir jetzt noch wen, oder … ?", grinste sie. Doch da kniete die blonde Frau schon breit auf dem Bett, die Handflächen auf ihren Oberschenkeln nach oben gekehrt. „Guten Morgen, Herrin, ich stehe zu Eurer Verfügung."

Tease and Denial

Die gebürtige Japanerin, sie mochte vielleicht Mitte 40 sein, saß nackt im Schatten einer mächtigen Linde im Garten ihres Hauses in der Nähe von Düsseldorf. Dass sie nackt war, tat eigentlich wenig zur Sache und war dem Umstand geschuldet, dass sie auf gleichmäßige Bräunung ihres Körpers in der Sonne Wert legte. Sie trug ein Headset auf dem Kopf, Kopfhörer und Mikrophon, und hielt einen Tablet-Computer in ihren Händen. Der Job warf nicht viel ab, es wurden nur die aktiven Gesprächsminuten bezahlt, doch es war viel besser als nichts, und wo konnte man sonst noch in bei der Arbeit daheim im Garten bräunen und dabei noch seine heimliche Neigung ausleben, zumindest in der Phantasie?

Dass sie drei Sprachen fließend sprach, war natürlich ein Vorteil, sie konnte Anrufe in Deutsch, Englisch und ihrer Muttersprache Japanisch annehmen. Letzteres war gefragter, als man annahm, da der Vermittlungsdienst in Westeuropa operierte und aus arbeitsrechtlichen Gründen nur EU-Bürger beschäftigte. Für die Kundschaft galten derartige Schranken nicht, und die Nachfrage nach Cybersex war in Japan, in dem viel von ihrem Dienst unterstütztes Zubehör hergestellt wurde, ungebrochen.

Eben kam wieder ein Anruf herein. Tokyo, dort war es wohl schon spät Abends, sie stellte sich einen Geschäftsmann vor, der allein in seinem Kapselhotel lag und keine Lust hatte, seinen Stau einfach zwei Minuten lang wegzuwichsen und dann beim japanischen Kommerz-TV einzuschlafen. Klick. „Asuka, wie kann ich dir helfen?", fragte sie in perfektem Japanisch. Die Anrufe wurden gepoolt angezeigt, wer qualifiziert war und ihn als Erstes nahm, der hatte ihn. „Ich bin Makoto, und bitte um Eure strenge Behandlung, Herrin." Sie ließ den Blick kurz über das Display streifen. Voller 3D-Helm, Stimulatoren für Penis, Hoden und Gesäß, Elektroden für die Brustwarzen. Es gab natürlich noch mehr, für speziellere Wünsche, aber mit der Ausstattung würde es gut gehen. „30 Minuten Minimum, oder möchtest du gleich 60 für 50, Makoto?" Hier kam Geld und Langeweile zusammen, gut für sie. „60 für 50, Herrin", kam es zurück. Sie checkte kurz seine Präferenzen: Tease and Denial, leichter Schmerz, Erniedrigung. „Gut, mit oder ohne Happy End?" „Mit Happy End, Herrin, wenn ihr es mir gewährt, aber lasst mich darauf warten bitte." „Wie du möchtest. Such dir bitte als Erstes ein Avatar für mich aus."

*

„Danke Herrin." Makoto lag tatsächlich in seinem Hotelzimmer, allerdings nicht in einem Kapselhotel, als hoher Manager eines Autoproduzenten hatte er Anspruch auf ein kleines Einbettzimmer. Die Klimaanlage lief auf voller Leistung und machte die Innentemperatur halbwegs erträglich. Für eine echte Frau hätte er noch einmal hinaus in die Hitze der Nacht gehen müssen, was ihm bei über 30 Grad nicht attraktiv schien. Außerdem, er hatte spezielle Wünsche, und hier würden sie ihm auf jeden Fall erfüllt werden. Er blätterte durch die Auswahl an Avataren, blieb schließlich bei einer asiatischen Domina mit hartem Blick und Wespentaille hängen. Er fixierte „Auswählen" mit den Augen, es dauerte eine kleine Weile, bis das Netz die 3D-Umgebung übertragen hatte, dann war er mitten in der Szene. „Na du kleines Schwein, wo treibst du dich denn schon wieder herum, weiß deine Frau, dass du hier bist?" Sie stand an seiner Seite, ihre blanke Vagina Zentimeter vor seinen Augen, doch es gab in der Simulation natürlich keine Möglichkeit, sie zu berühren. „Und das soll ein Schwanz sein, gefalle ich dir nicht, der ist ja nicht einmal richtig hart. Brauchst du ein bisschen Nachhilfe?" Bei diesen Worten schoss ein stechender Schmerz durch seine Hoden, er stöhnte auf. Er spürte, wie das Blut in seinen Penis schoss, der die Hülle mit den Elektroden endlich prall ausfüllte. „Na also, du kleines Schwein. Macht es dich geil, deine Eier gut zu spüren?" Wieder ein kurzer stechender Schmerz. „Ja, Herrin, danke Herrin", stöhnte er. Die Frau war gut, so viel stand für ihn jetzt schon fest.

*

Sie ließ den Hodensack des kleinen Penismodells wieder aus, das mit ihrem Tablet drahtlos verbunden war. Man konnte die Simulation auch komplett über den Bildschirm bedienen, aber mit diesem kleinen Hilfsmittel, das sie sich erst vor einigen Monaten gekauft hatte, war es viel einfacher. Die restlichen Stimulationen waren auf dem Touch Screen kein Problem. „Wann hast du das letzte Mal gefickt, und ich meine richtig gefickt wie ein Mann, Makoto? Sie umfasste das Penismodell und begann langsame auf und ab-Bewegungen. „Vor drei Tagen, Herrin." „Und hast du deine Frau gefickt oder warst du auf schmutzigen Abwegen, du kleines Schwein?" „Auf schmutzigen Abwegen, Herrin." Sie bediente die

„Klaps"-Taste auf dem Display ein paar Mal. „Tut man das, du kleines Dreckstück?" „Nein Herrin."

Sie musste sich nicht mehr wirklich konzentrieren, nach ein paar Hundert solchen Calls war vieles schon automatisierte Routine, sie brauchte auch keine Uhr mehr, um einen Bogen über die 30 oder 60 Minuten zu spannen, je nachdem, was der Kunde bezahlte. Routiniert begann sie ihn langsam zu wichsen. Was wenige Kunden wussten: Es gab einen Bio-Feedback-Kanal, der den „Erregungsgrad" des Kunden abschätzte und auf einer Skala von 0 bis 100 darstellte. 100 war allerdings für hartgesottene, für leichte Fälle wie diesen Makoto konnte man davon ausgehen, dass er bei 80 oder 85 ejakulieren würde. Sie wichste ihn also bis 70, ließ dann mit den Bewegungen nach und kniff ihn hart in die Eier. „Auuuuu", kam es zurück. „So, das war eins, du kleines Schwein, wenn du bis 60 durchhältst, darfst du vielleicht abspritzen."

*

10 Minuten. Er liebte diese Frau jetzt schon. Sie hatte offenbar ein natürliches Gespür für seinen „Point of no return", ihr Dirty Talk erregte ihn. Er änderte ein wenig die Perspektive, sodass er zusehen konnte, wie der Avatar seinen steifen Penis mit Mund, Fingern und Nägeln bearbeitete, bald mit sachten Bewegungen, dann wieder härter. „Auuuuu", machte er, als sie ihn plötzlich hart an einer seiner Brustwarzen nahm. „Antworte, wenn ich dich etwas frage, kleines Schwein."

Er ließ sich treiben. Der stetige Wechsel aus Lust und Schmerz und ihre sanft gesprochenen erniedrigenden Worte hatten ihn in eine Art meditativen Flow gebracht, fast war er enttäuscht, als sie ihn schließlich gekonnt zum Abspritzen brachte. Sie ließ seinen Penis los, stellte sich wieder in der anfänglichen Pose neben ihn, ihre blanke Vagina Zentimeter vor seinen Augen. Er fixierte den „Tip"-Button, er musste wohl bei der Auswahl ungenau gewählt haben: Auch wenn sie gut war, 2000 Yen hatte er nicht beabsichtigt. „Danke auch dir, Makoto. Ich bin Asuka, mein Präferenzcode ist 258." 258 musste er sich merken. Es gab natürlich keine Garantie, aber man konnte den Code bei der Zuteilung angeben, und wenn die Frau online und frei war, wurde man direkt vermittelt.

*

Sie legte das Headset ab. Paul, ihr wesentlich jüngerer Geliebter, stand wohl schon eine Weile neben ihr im Garten und hatte sie wohl bei der Arbeit beobachtet. „Guten Abend, Herrin", sagte er jetzt höflich. Sie lächelte ihn an. „Möchte dein Schwanz wieder einmal aus seinem Käfig?", fragte sie ihn. „Aber sei gewarnt, ich bin geil und in sehr sadistischer Laune." Er sagte erst nichts, reichte ihr aber eine Schatulle, in der sich Nadeln und allerhand andere Werkzeuge befanden. „Das trifft sich gut, Herrin, ich habe dir unkeusche Gedanken in deiner Abwesenheit zu gestehen." Sie stand auf und legte das Tablet aus der Hand. „Na dann, auf die Knie und bei Fuß", befahl sie ihm. Gehorsam begab Paul sich auf alle Viere und folgte ihr ins Haus.

Das Spiel mit der Angst

Der Spezialanzug, den sie sich nach Maß anfertigen hatte lassen, passte perfekt. Hatte man das Einölen des ganzen Körpers, die Prozedur des Anziehens erst einmal geschafft, spürte man das ultradünne, hochreißfeste Material kaum mehr. Auch die Plugs in Anus und Vagina waren nicht unangenehm. Der ganze Anzug war innen mit einem feinen Netz von Stimulatoren überzogen, rasch brachte sie den zweiminütigen Funktionscheck hinter sich. Jetzt noch den Helm mit dem 3D Visualisierungssystem luftdicht aufgesetzt, die Zunge in die Öffnung des Mundstückes. Die Luftversorgung erfolgte über zwei dünne Schläuche, dann wurde sie auch schon in eines der großen Wasserbecken gehoben. Der Salzgehalt wurde in kurzer Zeit automatisch so angepasst, dass sie perfekt in Schwebe lag, feine Strömungen verhinderten auch bei Bewegung eine Kollision mit dem Beckenrand, sie wurde noch ein paarmal herumgedreht, damit sie den Bezug zur realen Gravitation verlor …

*

Der Space war eine Unterwasserwelt. Sie gewöhnte sich rasch daran, normal atmen zu können. In diesem Space war Morphing erlaubt, das hieß, dass die Spieler während des Spiels die Gestalt ihres Avatars und damit die Grenzen ihres virtuellen Körpers ändern konnten. Sie verzichtete zunächst darauf und schwamm eine Weile inmitten der bizarren Unterwasserwelt. Die übrigen Regeln galten hier noch, es gab keine Berührungen mit Gegenständen im Space und ohne Einladung auch keine mit anderen Spielern. Sie probierte, was passieren würde, wenn sie in einen Wald von Schlingpflanzen schwamm, doch die Pflanzen wichen wie durch Zauberhand aus, es war, als würde sie in einer unsichtbaren Kapsel hindurchschweben. Bei unbeweglichen Gegenständen änderte der Space einfach ihren Kurs, um eine Kollision zu vermeiden.

Doch deswegen war sie nicht hier. Sie konzentrierte sich also auf das Wort „Level 3", und wie immer das funktionierte, ein grüner Pfeil zeigte schräg links nach unten. Sie folgte der angegebenen Richtung, bis sie am Meeresgrund in einer Klippe einen Tunnel sah. Das musste es sein, sie tauchte in den Eingang ab. Es wurde dunkel um sie. „Level 3. Touch zone", flammte die Warnung in roten Lettern auf. „Accept", damit war sie durch die Sperre, ein gelbes „Escape to level 2, Exit to leave space" nahm sie nur unbewusst wahr. Der Weg führte durch einen lockeren Wald von Seegras, der ihr den Unterschied zu Level 2 deutlich aufzeigte. Die Berührungen waren auf dem ganzen Körper deutlich zu spüren. Leichte Panik stieg in ihr auf, als sie das Gefühl hatte, eine der Pflanzen, wickle sich um ihr Bein, doch es war noch leicht, sich einfach auf das Weiterschwimmen zu konzentrieren. Es galt noch immer die „no constraint"-Regel Sie versuchte auf einen engen Durchlass zwischen zwei scharfkantigen Felsen zuzuschwimmen, doch sie wurde abgedrängt.

Also noch einmal. Diesmal klappte es. Sie hatte sich einfach vorgestellt, lang und dünn zu sein, das Morphing hatte ihren Avatar entsprechend verwandelt. Die Außensicht zeigte die bizarre Gestalt, die sie sich gerade gegeben hatte. Ein Reset des Avatars in ihre menschliche Gestalt war immer leicht möglich. So, besser. Sie ließ sich eine Weile einfach treiben. Sie erschrak, als sie unvermutet etwas Raues von unten berührte. Ah, ein Fisch. Berührungen, das war der Kick, der sie hergeführt hatte. Sie hatte geradezu eine Phobie, berührt zu werden, vor allem unvorhergesehen. Doch gleichzeitig war es das einzige, was sie sexuell erregte. Der kalte Schauer, der ihr über den Rücken lief, löste sich langsam in ein Ziehen und Kribbeln in ihrem Unterleib auf. Der Fisch war wohl ein Bot, er versuchte nicht weiter, mit ihr Kontakt aufzunehmen.

Als Nächstes zog ein feines Blubbern in der Ferne ihre Aufmerksamkeit auf sich. Sie schwamm auf eine Höhle zu, aus der feine Bläschen aufstiegen. Sie wartete ab, beobachtete erst zwei andere Schwimmer, die sich eine kugelige Gestalt gaben, bevor sie in dem Höhlenportal verschwanden. Sie wechselte auf Außenansicht und versuchte auch ihrem Avatar eine Kugelform zu geben. Es klappte nicht gleich – konzentrieren. Ah, jetzt. Sie schlüpfte wieder in den Avatar und ließ sich in den Schlund der Höhle fallen.

Irre, dachte sie, als sie nach vielleicht 15, 20 Sekunden wieder im offenen Wasser trieb und immer noch das Prickeln der Kohlensäurebläschen auf der Haut zu spüren vermeinte. Der Weg zurück war leicht zu finden, sie versuchte es noch einmal. Sie spürte gerade der sanften Woge von Erregung nach, die das in ihrem Körper ausgelöst hatte, da kam von irgendwo her ein „liked?" „Yes", antwortete sie. Es war die kleine Kugel gleich neben ihr. „Follow." Damit schwamm die kleine Kugel in eine andere Richtung davon. Sie folgte neugierig. Offenbar eine andere Höhle, hier gab es keine Bläschen. Er änderte seine Gestalt, machte sich lang und dünn wie ein Aal, dann, war er in der Höhle verschwunden.

Als sie auf der anderen Seite herauskam, raste ihr Herz. Glibber war etwas, was ihr wirklich Angst machte, dazu kamen die plötzlichen Tempo- und Richtungsänderungen. Erst allmählich verging das Gefühl, dass eine klebrige, schleimige Substanz an Teilen ihres Körpers haftete. „Fun?", kam die Frage. „Fear Fun", gab sie zurück. Er nahm für einen Augenblick menschliche Gestalt an, sie tat es ihm gleich, sie sahen einander in die Augen. „Push your limits?", kam die Frage. Eine Weile sah sie ihn an. Doch was riskierte sie schon? Einmal Escape oder Exit … „Yes." Sie schauderte, als er ihren Körper sanft umschlang. „Wanna yield?" „Yield", sagte sie, damit waren sie gekoppelt. Er schien zu wissen, was er wollte, denn er schwamm zielstrebig durch das Gewirr von Felsen, Seegraswäldern und Korallen. Sie entspannte sich und betrachtete die Landschaft, die in blaugrünen Farben schillerte.

„Pass if you dare." Sie hatte plötzlich wieder die Kontrolle, sie sah ihm nach, wie er sich wieder zur Kugel formte und senkrecht in einen Sog fallen ließ. Sie tat es ihm gleich. „Level 4. Constraint zone." Sie schwebte in dem Sog, der Space ließ sie aber noch nicht los. „Accept." Sie begann zu fallen …

Der Sturz selbst war unspektakulär, doch was dann geschah, ließ ihren Adrenalinpegel wieder schlagartig steigen: Sie trieb durch die sich ausweitende Höhle, da fühlte sie plötzlich Saugnäpfe an ihrer Haut, bald hielten sie fünf oder sechs Fangarme zurück. „Morph", signalisierte ihr Begleiter. Sie überlegte, konzentrierte sich dann auf eine längliche Form mit glatter, feuchter Oberfläche. Der Griff der Fangarme wurde schwächer, die Saugnäpfe begannen auf ihrer Haut den Halt zu verlieren, sie konnte sich freischwimmen. Ihr Herz klopfte. Von außen sah sie jetzt aus wie eine Robbe, doch so war es viel leichter, den weiteren Fangarmen zu entkommen, die sich ihr auf dem Weg aus der Höhle in einen weiten freien, blaugrün schimmernden Bereich entgegenstreckten. Ihr Begleiter und zwei weitere Männer hatten wieder ihre normalen Avatare angenommen, sie tat es ihnen gleich. Sie fühlte ihre Blicke auf sich gerichtet. In einiger Entfernung stand eine etwas deplaciert wirkende, einzelne große Blüte auf einem Stiel, der im Wasser sanft wogte, die Blüte war beschienen, als ob von oben einzelne Sonnenstrahlen ihren Weg hier herunterfinden würden.

„Dare?", fragte ihr Begleiter und schwamm ein Stück in Richtung der Blüte. Sie hatte keine Ahnung, was sie erwartete, doch sie folgte ihm, drehte sich auf den Rücken und ließ sich langsam ins Zentrum des Korbes gleiten. Das Gefühl war überwältigend und irreal zugleich, als sich die Blütenblätter sachte um ihre Beine wickelten. Ihr Begleiter und ein zweiter nahmen ihre Arme und legten sie hinter ihren Kopf, ebenso sanft schlossen sich weitere Blütenblätter um ihre Handgelenke und Unterarme. Ihr Puls ging schnell. Die drei morphten, plötzlich wanden sich lange dünne, glitschige Körper um ihre Gliedmaßen, glitten um ihren Hals und ihren wehrlosen Körper. Ihr Herz begann zu rasen, sie atmete schnell, doch dann gelang es ihr, ihre Angst zu überwinden. Sie ließ sich von den Wellen der puren Lust treiben, die das in ihrem Körper auslöste, Orgasmen flossen ineinander, sie verlor jedes Gefühl für Ort und Zeit.

„Escape." Sie fand sich augenblicklich in Level 2 wieder. Ihr Herz raste noch, ihr Mund war voll von dem salzigen Geschmack, den sie eigentlich verabscheute. Sie trieb eine Weile im Wasser, versuchte ruhig zu werden, spürte dem eben Erlebten nach. „Did not like?", kam plötzlich die besorgte Frage, er war wieder da. „Contrary", antwortete sie. „Paniced", setzte sie hinzu. Irgendwann, als sich das heiße Sperma in ihren Mund ergoss, war es ihr zu viel geworden. „IC", sagte er. „Meet again?" „Perhaps", antwortete sie, noch viel zu benommen, um einen klaren Gedanken fassen zu können. „Exit."

*

Zwei Minuten später stand sie wieder sicher auf dem Boden, der Helm war abgenommen. Keine Spur mehr von Sperma in ihrem Mund, nur ihre eigene Nässe zwischen den Beinen war noch zu spüren. „Komm, wir helfen dir aus dem Anzug."

Zwanzig Minuten später saß die mollige Mittdreißigerin frisch geduscht im nächtlichen Los Angeles in ihrem Sportcabrio. Noch eine Stunde bis Santa Monica, wenn kein Stau war. Ihr Haar wehte offen im Fahrtwind.

Vertraut

Sven: Hallo Große, was läuft?

Kim wurde vom leisen „Plong" des Nachrichtendienstes aus ihrem Halbschlaf gerissen. Es war bereits dunkel draußen, durch das offene Fenster drang ein wenig kühlere Luft in ihr winziges Studentenzimmer in Barcelona, wo die blonde, hellhäutige Norwegerin seit zwei Jahren Spanisch studierte. Mehr das spanische Leben, wenn sie sich ehrlich war. Sie mochte 22 oder 23 Jahre alt sein.

Sie nahm das Tablet zur Hand, das auf dem Nachttisch lag. Ein Lächeln huschte über ihre Lippen.

Kim: Hallo Kleiner, heiß hier, wie läuft's auf der Insel?

Sven war nicht ganz zwei Jahre jünger als sie. Er hatte eine höhere Schule für Maschinenbau abgeschlossen und sich anschließend auf einer der großen Ölförderplattformen in der Nordsee verdingt. Sein Leben war vom unveränderlichen Rad der Diensteinteilung bestimmt: 14 Tage auf der Insel, 30 Tage frei. Soweit sie wusste, war er erst vor ein paar Tagen wieder zur Arbeit geflogen.

Sven: Schicht gerade vorbei, frisch geduscht auf dem Bett Wellen nur 3 Meter. Kein Bock auf Schlafen.

Kim: Duschen hier sinnlos, fast 40 Grad. Kein Bock auf Ausgehen.

Eine Weile kam keine Antwort. Sie versuchte sich ihn vorzustellen, mit seinem großen schlaksigen Körper, seinem braunen krausen Haar, seinen sanften braunen Augen. Sie vermisste ihn in diesem Augenblick.

Sven: Reden? Video?

Kim überlegte. Wegen der Hitze lag sie unbekleidet auf ihrem zerwühlten Bett und hatte nicht die geringste Lust, aufzustehen oder sich wenigstens notdürftig anzuziehen.

Kim: Ich bin nackt.

Sven: Ja und? Ich auch.

Okay. Das hätte sie vorhersehen können. Sven war eben Sven. Sie musste wieder lächeln, andererseits, es war ziemlich gleichgültig. Auf den verstreuten Höfen außerhalb von Bergen hatte es nicht ausbleiben können, dass sie einander mit der Zeit näher gekommen waren. Das war eben so zwischen ihnen. Keine große Sache.

Sie checkte die Webcam, ja, sie war noch oberhalb des großen LCD-Schirmes angeclipt, der fast die ganze Wand am Fußende des Bettes einnahm.

Kim: Warte, ich hole mir noch was zu trinken.

Sven: Gute Idee.

Zwei Minuten später war sie mit einer eiskalten Dose Bier aus ihrem winzigen Kühlschrank zurück auf dem Bett. Sie fuhr sich noch rasch mit der Hand durchs Haar, justierte die Preview so, dass man nur ihr Gesicht und ihre kleinen Brüste sah, und drückte die Video-Taste.

„Hey Kleiner", sprach sie einfach in den Raum. Es dauerte eine Weile, bis sein Bild auf dem großen Display erschien. „Hey Große."

Wie sie es nicht anders erwartet hatte, zeigte er eine Körpertotale. Die Kamera war wohl absichtlich so niedrig montiert, dass durch den Parallaxeneffekt sein Schwanz im Vergleich zum Gesicht riesig erschien. Er war bereits halbsteif.

„Glaubst du, ich weiß immer noch nicht, wie so etwas aussieht?"

Grinsen. „Vielleicht hast du es ja schon vergessen, wenn du nie ausgehst?"

Er zoomte ein wenig ein, sie konnte jetzt sein jungenhaftes Lächeln besser sehen. „Cheers, Große." Er nahm einen großen Schluck aus seiner Bierdose.

„Cheers, Kleiner." Sie poppte die Dose auf und trank ebenfalls.

„Du kannst es jedenfalls nicht vergessen. Wie viele Männer sind auf der Insel? 500?"

„400 reicht. Und 20 Frauen. Aber wir duschen nicht gemeinsam."

„Was die Frauen betrifft, bedauerlich. Bei der Ausstattung." Sie lächelte.

„Danke, aber da geht nichts. Das wird nicht gern gesehen. Nur manchmal sind ein paar Tage zwei, drei Nutten hier."

„Echt? Warum nur manchmal?"

„Flugwetter. Bei Windstärke neun verzichten sie dankend."

„Und nichts dabei für dich?"

„Nein, außerdem, du weißt, ich steh nicht auf Gummis."

„Gummis, wozu denn das?" Die HIV-Impfung gab es jetzt auch schon wieder einige Jahre.

„Firmenpolicy. Die Firma will die Nutten ganz loswerden, der Betriebsrat besteht darauf, aber Gummis stehen in der 50 Jahre alten Betriebsvereinbarung, die daher nicht geändert werden kann. Aber für dich gilt das ja nicht, Große."

„Und was hab ich davon? Meine Affäre ist schon nach Connecticut abgereist, und hier ist es so affig heiß …"

„Ja, hättest du halt Isländisch studiert statt Spanisch. Einen Ami hättest du dort auch gefunden."

„Danke für deinen Rat. Der hilft mir jetzt sehr weiter, Kleiner."

Er zoomte wieder heraus und fokussierte auf seinen schon erigierten Penis. „So etwas da bräuchtest du halt."

„Wie man das nur aushält, ständig nur an das eine zu denken", gab sie bissig zurück. Doch insgeheim musste sie zugeben, dass er nicht ganz Unrecht hatte. Was telefonierte sie aber auch mit ihm, auch das war vorherzusehen gewesen, dass sie geil werden würde.

„Woran denkst du dann?", kam die verdiente Antwort. Fuck, ans Ficken natürlich, woran denn sonst. „Jetzt ist aber nicht ständig." Nicht sehr überzeugend, wie sie zugeben musste.

„Womit du zugegeben hast, dass jetzt doch", ätzte er. „Schon feucht in der kleinen rosa Spalte?"

Sie beobachtete, wie seine Hand langsam seinen mittlerweile voll erigierten Penis umfasste. „Jetzt wart wenigstens", zischte sie ihn an.

„Worauf genau, Große?", kam es süßlich zurück. „Ist es nicht zu heiß, oder habe ich mich da verhört?"

„Fick dich." Die Worte waren schnell gesprochen, doch ebenso schnell kam seine Reaktion in Form von langsamen, provokanten Wichsbewegungen. „Jetzt wart. So war es doch nicht gemeint."

Er hörte nicht auf zu masturbieren. „Schaffst du es, so lange wegzuschauen, bis du in deiner Unordnung deinen großen schwarzen Gummischwanz gefunden hast?"

Als Antwort steckte sie ihm erst die Zunge heraus und dann demonstrativ zwei Finger ihrer rechten Hand zwischen die Lippen. „Was eine richtige Frau ist, braucht so etwas genauso wenig wie du, Kleiner."

„Na dann lass sehen." Aber da hatte sie schon das Tablet in der Hand und justierte die Perspektive. Ja, so würde das geil aussehen. OK. Sie legte das Tablet aus der Hand, streckte sich bequem aus, stellte die Beine breit auf und ließ die zwei nassen Finger langsam über ihre Spalte gleiten.

Er reduzierte das Tempo, bis er mit ihr synchron war. „Na an was wollen wir gemeinsam denken?"

„Björn und Inga, Midsommar?", fragte sie. Sie nahm dabei einen ihrer schon steifen Nippel in die Hand und schob sich die beiden nassen Finger der anderen tief in die Spalte.

„Geil, ja", sagte er. „Jetzt erst jeder für sich und dann …
du weißt schon …"

Aber sie war schon in ihre eigene Welt abgeglitten. Etwas
unfokussiert schaute sie auf das große Bild des langsam
wichsenden Schwanzes, während sie sich selbst routiniert
in Fahrt brachte. Andere Bilder drängten dazwischen in
ihr Bewusstsein, als ihre Gedanken jenem Abend vor
über einem Jahr nachspürten, alle zusammen auf dem
Hof.

Er hielt sich noch zurück. Er kannte Kim sehr gut, er
wusste, sie würde sich Zeit lassen, eine Weile brauchen,
bevor sie es zulassen würde. Er beschäftigte sich damit,
ihr zuzusehen und sich dabei immer wieder bis knapp an
die Grenze zu bringen, leicht nachzulassen, die Spannung
aufrechtzuerhalten. Es würde dann bei ihr ziemlich un-
vermittelt kommen, er war vorbereitet.

„Drei", kam es schließlich aus dem Lautsprecher.
„Zwei", sagte er zurück. „Eins und …" „… Jetzt", stie-
ßen beide gleichzeitig hervor.

„Geil, absolut geil", sagte sie nur, sie führte sich ihre
klitschnassen Finger an den Mund und streckte ihre Zunge heraus. „Du auch?"

Sie beobachtete, wie er die unglaublichen Mengen Sperma von seinem Schwanz und seinem Bauch aufsammelte.
Auch er führte seine Finger zum Mund. „Na klar."

Eine lange Stille trat ein, plötzlich war die Videoverbin-
dung unterbrochen.

Sven: Kuss und Dank, Süße. Ich werde jetzt gut schlafen.

Kim: Kuss und Dank, ich hoffe, ich auch.

Sie leerte mit einem großen Schluck den Rest des Bieres aus der Dose.

Sven: Wieder mal? Wann?

Kim: Un-frage diese Frage, Kleiner.

Sven: OK bis irgendwann, Große. CU.

Kim: CU.

Vom selben Autor erschienen

Anjas

CUCKOLD

oder

Die sieben
Kreise der
Unterwerfung

Clifford Chatterley

90
Tage Cuckold

Das Tagebuch eines fast keusch Gehaltenen

Clifford Chatterley